李国坚 著

时光煮诗

如果春天是有薄荷味的……

时代出版传媒股份有限公司
安徽文艺出版社

图书在版编目（ＣＩＰ）数据

时光煮诗 / 李国坚著. -- 合肥 ： 安徽文艺出版社，
2025. 1. -- ISBN 978-7-5396-8301-0

Ⅰ. I227

中国国家版本馆 CIP 数据核字第 20251A25K4 号

时光煮诗
SHIGUANG ZHU SHI

出 版 人：姚　巍

责任编辑：宋潇婧　　　　　　　封面设计：李　超

....

出版发行：安徽文艺出版社　　www.awpub.com

地　　址：合肥市翡翠路 1118 号　　邮政编码：230071

营 销 部：(0551)63533889

印　　制：永清县晔盛亚胶印有限公司　　(0316)6658662

....

开本：700×1000　1/16　印张：14.25　字数：175 千字

版次：2025 年 1 月第 1 版

印次：2025 年 1 月第 1 次印刷

定价：69.50 元

....

序

谷　风

　　任何诗歌都离不开抒情，抒情本身并不是主要目的，它是将文本升华为更柔和、更令人亲近的阅读形式的手段。诗歌的确离不开抒情，但抒情不仅服务于写作，而且将诗人那种自发的情怀与文字传达的寓意糅合到最佳状态。看似抒情的语言既排除了情感的泛滥，也移除了诗人写作时满溢的情绪。所以说，抒情诗既是最古老的，也是最难以驾驭的诗歌形式。它的最好状态必须照应诗人对于语言的合理运用和驾驭能力，否则诗歌便会走向一种为抒情而抒情的极端。好的诗歌蕴含了饱满的热情和情感色彩，像海子的诗歌。海子的诗歌以饱满的热情和深层的情感引导着读者，感染着读者，其中流露出强大的磁性。好的抒情诗不避讳直抒情手段和冷抒情的方式，关键问题在于语言本身是否扎到了深层。当然，深层意义的本身一是使读者心灵产生共振，二是触及外在的联想和思考之后传达出来的文本意义。

　　王尔德说，伟大的诗人不仅仅是一位观察者——他较少地用肉眼而较多地用心灵的眼睛去观察。我觉得一位好的诗人，启用的一定是最饱满的热情和最深藏的心灵土壤，也是诗人在面对人或事物时处于的一种"极端化"的情感境遇。诗人在一定程度上

完美处理艺术上的"对话"或者对于艺术载体的尊重，并将之升华到一种精神层面。

李国坚《时光煮诗》中的诗歌，对象是他现实生活中的朋友、亲人，描绘了一幅幅关于事件、游记、特殊的地理情怀的具有诗情画意的心灵卷轴。《时光煮诗》分为"时光煮茶""时光煮酒""时光煮雨""时光煮云""时光煮诗""时光放歌"六部分。值得欣喜的是，诗人将"时光"作为主语介入整个诗集之中，并贯穿始终。他的诗集似乎更突出时光的含义。在时光之内，诗人遇见了种种事情、种种炙热的情感或值得思考的现象。不能不说，《时光煮诗》是在借助自身说出那些"他在"的东西。那些东西包含了一切可纳入情感体系的现场元素和某种追忆痕迹。那些惯常的日常一直是李国坚重视的视域，一直是李国坚诗意的来源，让他直面生活而萌发的、窖藏的热情再一次喷发出来。他让诗成为自己生活的一部分，让诗构成生命动力的一部分，让诗幻化为自己真诚的人生。

李国坚的诗以抒情的手法为主，就像我刚刚提及的一样，抒情本身并非主要的手段，而是诗人面对人和事时被感染、被释放的情怀。诗，在李国坚心中高于生活本身，这从他的一首首诗歌中热情洋溢的文字上有很好的反映。他的生活在诗中，诗美化了生活，赞扬了生命。他在诗中通过感性的现场和对于细节的处理，拿出最烫手的一部分给予自己和读者。这里面渗透着诗人的真诚、热情和对生活的大爱，对亲人、朋友之间深厚情谊的感动。是的，只有真正热爱生活的人才是好诗人。

李国坚的诗没有去雕琢语言，而是最为朴素、简单地和一个"真"字较真——这是诗歌写作中最珍贵的一面。兰波说，美，

2

就是真。那么，李国坚的诗不管从哪一个方面都散发着对生命美的挚爱，对生活热情的赞誉，对于真、善、美的体验。我在想，世界上还有比热爱生命和生活的人更可爱的吗？诗人怀揣爱意，将自身融汇其中。这种诗歌生命的体验是他进行日常性的再造，是他在不同情感之间找到了一个最恰当的位置，是他在面对祖国的大好河山时油然而生的饱满热情，这些都深深打动着读者。他的诗歌并非出自神秘莫测的语言表现，并非是用诡秘的语言营造一种"神秘主义"，并非是在一个摸不着的深渊之中牺牲的自我情怀，而是他在极为平实和低调的话语中，带着血液的热度、带着最原始的真爱去迎接生命和生活。我觉得这也是他的诗集《时光煮诗》最大的闪光点。

诗人李国坚在《另一种时间》一诗中写道："我想把时间细细剁碎/拿三分之二，揉成一朵白云/与一股上升的气流/再拿一小部分/拉长成河流与道路。"是的，读者可以在他的文字中体察到那种最细腻的情感。他将"时间细细剁碎"，这是细化的感情给予的现场又返还的感动。然而他将其细化、分拆，"再拿一小部分/拉长成河流与道路"。我觉得平实的文字之中蕴含了其他的情感外延，那就是诗人将时间内涵的重量给予了自身体察到的一种"历史感"，这种历史感的发生来自"河流"与"道路"本身的象征性，认知和概念上的象征和寓意给予诗意以拓展。就是说，诗人将外化的内心情怀通过具象影响心灵，并将一种现象"拉成"对于存在的思考。是的，无论怎么写作，诗歌创作一定要有值得思考的动机，即诗人关切到存在的力量，从而彻底打破对感性和表象的认知。认知本身在文本中有一定的力度，诗人在诗歌写作上反观自身思想意识，从而让诗歌本身具有启发性，这

也是诗人在艺术追求之中值得赞许的写作方式。假定一首诗除去文本没有外在的东西，那么诗本身就失去了分量。诗歌的存在重点就是引导和启发读者，诗歌中潜藏着一股力量。这也是文学的动机，具有一定的延展性。诗歌不能没有延展性，就像李国坚在《在梅山，俯首便是一条仙溪》一诗中写道："我的影子朦胧成旋涡/旋涡在一点点解析/时间锁上的距离。"诗人将影子朦胧成旋涡，这是很有意思的一种幻化思维的动机——影子本身自带多重的启迪性和宽泛的抽象性，旋涡同样具有同质意义。那么，诗人选择影子和旋涡的意图是什么？他试图将一个"点位"泛化到一个形象上来，就是说他的目的是将主题"梅山"的影子作为一个存在的范围概念，作为诗人的抒情对象，那么他隐含的是对梅山的地理环境在诗意和艺术存在上的归属感，也就是说诗人把"时间锁上的距离"分配给主题。然而诗歌本身并非只是抒发一种与地域有关的情感，诗歌的存在来自心灵和感情的内化。诗歌创作的目的在于将其表面的元素加以重置、拆分，在解构之后，诗歌发生了外在性。就是说，现场只是一个抒发情感的元素，而诗人真正的意图是表达一种内在美。这也是迂回于现象之内的"运营方式"。这是诗歌中的一段，有时候也是整首诗的诗眼。它藏在读者还未完全读到的那些东西中，那里有真和美的存在。李国坚的诗试图在真和美之间寻找一种平衡。当然，李国坚的诗感性在先，理性在后，这也是他的写作特点。

他在诗歌《深圳火车站》中写道："站在秋风里/站成一枚误入红尘的果子/火车和季节一样/汽笛突然拉响没有准备的起点/自己才是自己的驿站/我才是我的过客。"

这首诗是有色感的，是用具体的东西来承担情感的一首诗，令人读来意犹未尽。诗人在秋风中，用"红尘的果子"替代自己。其实，"红尘的果子"只是一个普遍性的代称，具有通感。当然，这是与情感产生的通感，也是与火车站的具象化"果子"产生的通感。好的诗歌往往在产生通感的效果上最有感染力。没有这些通感的效果，写作上再谨慎也是徒劳。诗歌就是这样，在具体、现实的情感中返还情感，让读者看见、摸到、感觉到。就是说将精神上的一种模糊感觉通过实体再现，使之具体化。在这里，火车是唯一牵扯诗人情感的"活着"的东西，火车像季节一样流动，在他心中引燃。而值得回味的是"汽笛突然拉响没有准备的起点"。这是很巧妙的情感上的设置，这种设置给读者带来出其不意的感觉，汽笛本身也是一种情感的载体。汽笛鸣响，牵动的是思念和追忆。诗人李国坚在火车站中聚焦汽笛本身，这也是情感的融合、诗意的升华。诗歌没有升华是不行的，升华本身是为了在精神层面审视作品，而作品就是诗人本身，就是"自己才是自己的驿站"。其实，这是很令人产生感慨的一个句子，驿站是结束也是开始，更是情感上的守候。诗歌就是这样，在不知不觉中释放大量的空间，让读者在其中感受温度，体会内涵。这首《深圳火车站》通过几个具象植入内心，将深藏的情感一再打捞出来，一再"转位"于诗人自身，并释放出一个不能被感情制约的动机，那就是在未来和命运之间的徘徊。这是一首很好的诗歌，不让你有什么心理预期，不让你在晦涩的文字之间愁眉苦脸。

李国坚的诗完全是开放式的，他拿着诗的镜子照亮生活的情感。他的《回到梅山，妈妈是四面八方环抱过来的春风》具有同工之妙："雪还没有下完整/我就如一片镂空的雪花/落在仍有烟

火的田之坪。"这首诗歌的片段尤为新颖,读来有亲切感。李国坚细腻的情感在作品中体现出来,让人感觉到一种存在:它是还没有下完整的雪,是镂空的雪花,最终诗人的情感落在田之坪——他的心间。同样新颖的诗歌在李国坚《时光煮诗》之中像百日菊一样鲜活,一样多。我觉得诗人李国坚就是百日菊,开在盛大的土地上,他将情感的世界掰开、细化,再呈现到"把一只粉蝴蝶,别在/你的胸口/群山暂停起伏"(《低语》)这首诗中。

李国坚就是这样的一位诗人——他是他诗歌文本具象的转位者,而不是使意象单独成为意象。李国坚的诗最大的特点就是将"意"和"象"拆开来写,而不是在瞬间获得情感体验。他把自我置于虚和实之间,成为媒介本身,这也是他在诗歌写作上的大胆尝试。在李国坚的这部诗集当中,他似乎有意识地摈弃一种造作的和被视为"现代性"的写作,极力守护着自己本真的精神世界,守护着对美的直接抒情性。好的诗人一定是最真诚的人,最热爱生命的人,最爱戴生活的人。黑格尔在《美学》中说道,诗的首要任务就在于使人认识到精神生活中的各种力量。这就是凡是在人类情绪和情感中回旋动荡的或平静掠过的那些东西——李国坚的诗集涉及生活的方方面面,对于地域情怀的表达,对于个人情感的重温,对于真挚友情的怀恋,对于环境以及现代社会的体察,都是他静心留恋的写作本意,他太爱生活了!

《时光煮诗》是一本很好的抒情诗集,向读者诚心推荐!

2024 年 10 月 6 日写于武汉

自　序

时光煮诗后，在另一种时间里萌芽

　　谢谢安徽文艺出版社约稿，于是有了这第四本诗集《时光煮诗》。我们因我的第三本诗集《温度——走进春天》在 2023 年结缘并播下诗的种子，2024 年春天，诗歌的花朵一朵一朵依次盛开。花和花香都是我喜欢的，我尝试在花的心里坐下来，粉色的花瓣云朵一样包裹着我，而后，夏天一点点被诗行点燃。时光的七色火焰煮着一个紫色的茶壶，我和诗如壶里一片片梅山云雾深处的茶叶，煮开后倒入杯中，香气四溢，扑面而来。

　　在第三本诗集出版后，我突然觉得需要一种与诗歌相关的回归，回归到随缘与随意，回归到本能与纯粹，回归到风轻与透明，回归到诗与人合二为一，回归到古老的梅山文化与近代湖湘文化的板状根块与网状根系，回归到最初我给自己提出的，我看到花写花，我踩到草写草，我写的眼睛不是眼睛，我写的鼻子不是鼻子，万事万物皆可为诗。于是，我没有半点犹豫与迟疑，拿起手中笔，一路随心写来，一路随意写去，在一首小诗里写出千言万语，再将万水千山写在一首小诗里。这份美好就是大家期待的，而我只要拿起笔，诗就在手里，远方已在心里，我们不再说咫尺天涯，因为有诗，天涯成咫尺。

　　一路写来，我把时光煮诗分成六个部分，第一部分为时光煮

茶，第二部分为时光煮酒，第三部分为时光煮雨，第四部分为时光煮云，第五部分为时光煮诗，第六部分为时光放歌。诗歌在时光里渐渐有了更多的味道，我想让时光把我也煮在一首诗里，煮出诗意盎然，煮出山高水长。而后，自己去细品自己，品出诗意里的淡然与洒脱，品尝那诗歌外的第五个季节与第六种果实。我要和诗一起在时光里放歌，再把歌声拼成另一座鹏城。

若问我，为什么写这么多诗？当我提笔，心里就不曾下雨。是否，只有写诗，弯曲的情感才能完成抵达？抵达的过程，也许会有子弹穿过钢铁般的现实，也许会有绣花针穿过鞋底般的身体，也许钢铁般的意志正在私下交换这个温暖的春天，也许只有这样，诗里才有春天的味道。

如果春天是有薄荷味的，我就是那枚误入红尘的果子，我才是我的过客，自己才是自己的驿站。当一首诗与另一首诗共鸣，当时光与我如核磁共振，当诗与我共情，不再分开，请允许我写下当下的时光：

> 青春，只是时间遗漏的种子
> 偶尔被人们发现
> 捡起来放在心上
>
> 这颗种子，不需要任何养分
> 当刀锋划开风的平面
> 当刀锋上有一种站立
> 当你放下或者离开刀
> 当你把她忘记

　　另一种时间，就萌芽

　　此刻，我只想斜靠在这首时光煮的小诗里，把她忘记，而后，在另一种时间里萌芽。
　　是为自序。

目 录

辑一 时光煮茶

◆ 我们胸膛里的院落

在一座城市久了
胸膛塞满了高楼、车流与尾气
它们作为废物，被我堆放在角落
我要腾出更多空间
安置我的小小院落
那里青山归青山
绿水属绿水
安置漳水河畔的蝴蝶花香

那里有自由的小鸟
牧童黄牛、曲折的炊烟
将人间的幻想带到苍穹
我将倒出满城的繁华
倒入小山村的宁静
院落里，与谁
清风入酒，白云煮茶

我和我的祖国

像一个果子爱上秋天
像一轮红日镶在天边
像每一次归来仍是少年的情怀
在阳光下
玉树临风，抑或亭亭玉立
祖国啊
这些都是我和我的祖国
一种生生不息的依恋

像平常得不能再平常的呼吸
依恋蓝天下的空气
像黄色皮肤的脸，朝向五星红旗
像国歌响起时，把右手举过头顶
我凝视着您
巍巍中华啊，高山仰止！

我从一个叫仙溪的美丽小镇
来到大鹏展翅的深圳
伶仃洋辽阔无疆
面朝大海春暖花开
不再只是在梦中

祖国啊，是您给了无数个我
一个个醒着的美梦

我走遍大江南北
祖国的变化翻天覆地
幸福的尺子啊
已无法丈量
从物质生活到精神愉悦
幸福从量变开始时
就注定了今天的质变
我们的幸福指数
随着祖国的富强节节攀升

我走到每一处大街小巷
我走过每一片村庄田野
大自然早已为我们准备了
春夏秋冬的礼物
春夏秋冬早已为祖国
写下了山川大地，饱满的诗行

我羞于拿笔
我该如何写好，我和我的祖国
当祖国的春风徐徐吹来
我愿是此刻破土而出的庄稼

我愿是此刻拔节向上的花草与树木

祖国啊
我把所有爱的种子
深埋在祖国的土地里

我爱我的祖国
处处牛羊成群
家家五谷丰登
我爱我的祖国
面对苦难，众志成城
我爱我的祖国啊
炊烟袅袅
温馨又明亮
富饶又美好

临江仙·立秋

　　一缕凉意生山谷，枫林待染深红。待须彩袖点燃风。白云在路上，候鸟雁回峰。

　　打马南国天作岸，展眉明月诗穷。浪花抚岛聚浮踪。指尖秋日好，摘果与君逢。

◆ 另一种时间

山峰穿过云雾
时间的刀锋，一秒十刀
将某种程度的清晰切成模糊

完整的时间
呈条形放射状
切出十二个生肖时
人们将时间
暂时固定成共性的认知
时间有自己的表达形式

我想把时间细细剁碎
拿三分之二，揉成一朵白云
与一股上升的气流
再拿一小部分
拉长成河流与道路

青春，只是时间遗漏的种子
偶尔被人们发现
捡起来放在心上

这颗种子，不需要任何养分
当刀锋划开风的平面
当刀锋上有一种站立
当你放下或者离开刀
当你把她忘记
另一种时间，就萌芽

在梅山，触手皆是酒

那梅山，你看过
便是我的酒
那仙溪，你梳妆过
便是我的酒

那花儿，你闻过
便是我的酒
那春风说的话，你咀嚼过
便是我的酒

知道我要来
梅山把心门半开
便是我的酒
知道你要来
我写一首首小诗
而后，连同梅山与仙溪
一股脑儿倒出来
是不是，你
或者我们
要喝的那杯酒

在梅山，举目皆是一壶安化黑茶

你看
白云泡在蓝天里
你看
仙溪泡在梅山里

快看
花香泡在春风里
快看
春风泡在春天里

你快看
生活正泡在笑声里
你快看
笑声正泡在醒来的美梦里

春风轻轻落下来
十万大山的绿浪沸腾
风儿与我们
一起泡在大梅山的笑容里

在梅山，俯首便是一条仙溪

在梅山，是否只有天空
才是小鸟的另一条仙溪
某种抽象的鸟类语言
重复叙述与交织着

站在家乡与他乡的抽象与具象之间
某种选择正忙于虚实结合
我的影子朦胧成旋涡
旋涡在一点点解析
时间锁上的距离

云朵一般回到家乡的游子啊
如果短暂停留后
如候鸟般再次告别
请别忘了，朝一座座如梅山般
站立的父老乡亲虔诚俯首
一刹那，一条仙溪
便轻灵与蜿蜒着离开梅山

仿佛

仿佛
世上所有的美好
都在锦上添花

又仿佛
一把椅子在门口
就是为了某个等待

仿佛
一封信寄出
生锈了回音

仿佛间
一盏转角的路灯
照亮小路，是有意
照耀我们，是无心

◈ 今夜是一杯酒

今夜的茶是酒
今夜的水是酒
今夜的话是酒
今夜的歌声是酒

今夜的笑声
是酒里开出的
一朵朵透明的酒花
今夜
我们也是酒

今夜
我们举起杯
忘了曾经喝过的日月星辰
今夜
我们尝试着喝下彼此

只有诗在

站在消失的边缘
站在视线的末梢
站在轻风无力的一隅
站在鞭长莫及的地方
站在时间消失得一干二净的闸口
站成一种想不起的遗忘

那里
只有诗在

我在练习竹篮打水

雨从黑暗中

筛下来黄豆绿豆红豆

子弹以及花生米

雨柱伸出无数双手

在车顶车身车窗车门

敲门敲窗试探

撞开更多的空间

车前的双闪灯萤火虫一样闪

生活的梦幻每天交织着

在模糊的雨世界

我在练习竹篮打水

是否，要调整一些思路

即使不能接近目的地

也拥风雨入怀

◆ 七月流火

大地把太阳架起来烧烤
七月如同巨大的容器

我努力想把身体
融化成一条河流
努力想把
还没有来得及说的言语
烤成片片白云的薯片

如果，你在七月来
请拿起上面我写过的
那个巨大的容器

容器的上面
有个恰到好处的盖子
容器的侧面，我特意
留了一个小门

你如一列火车

你，如一列火车驶来
可，心上柔软的双轨
还没有铺好

为何，你总是
如一缕嫩绿的春风
不经意间，驶过心上那片
不完整的秋天

一段高铁的时间

高铁背上我
像回忆里记不清晰
如老爸那背上我的
一种模糊
一份稀有，还在稀释

座位环抱着我
妈妈和温暖叠加
画面单曲循环般播放
我尝试努力推开
一席高铁的
时间的帘子

窗外的景色
谁在帮我们
一页一页快速翻阅
我来不及看

有时候，牵挂被想念风干
已没有缘再回到
这当下的景色

正以时速 301km 的速度

擦肩

我啊，总是在无意间

错失

太白路上邀约太白

邀约太白
约他走到公元 2000 年
我也往回走一点
也走到公元 2000 年
一起结伴走过太白路

经过碧岭
就到了
明月松间照
清泉石上流
的松泉山庄
刚陶醉在松涛声里
老金威啤酒的麦芽香味
隔着山坡诱人

干脆在金威广场
找个角落的位置
一边喝你没喝过的冰镇啤酒
一边听你没听过的流行歌曲
有七分醉意时
你就喜欢上了

月亮代表我的心
你赞叹
诗可以这样写吗
歌可以这样唱哟

听完恰似你的温柔
喝下一杯金稻田的稻香
踏着歌声往前走
你交代我
这样的诗和歌
记得帮我点个大大的赞

抽一支好日子香烟
散步到布心花园
你说这不是花园
要改为布心家园

布心市场吗
同从前的墟市比变化不大
市场赶集的人们
普遍营养不良
穿的服饰过于简单
没有汉服应有的庄重
长相也人工雕塑过

千篇一律
缺少自然美
学校比唐朝规模大而多
走入平常百姓家
学的知识五花八门

太白兄问
前面那高百尺的危楼
是什么楼宇
我介绍那叫彩世界
在楼顶
手可摘星辰

路的尽头是东湖
碧波荡漾
湖那边的梧桐山
满目苍翠

太白兄认真地叮嘱
给我开通网络和电视
记得帮忙买部华为手机
几箱啤酒
一整套洗发水沐浴露
如果方便

一定要办个深圳户口

我就住在靠山面湖的
大望村那边吧
云深不知处的地方
不住也罢
不去也罢

● 洞背村的野杨梅红了（组诗）

青春期
处于青春期的
除了山上的野杨梅
还有
山脚的洞背村

别样的糖和花
天空手拿一颗颗
素色棉花糖
大海送来千万束
蓝色浪花

不止一种蓝色的声音
海湾湛蓝时
天空更显蔚蓝
不要急着凝望
你听，这里不止一种蓝色的声音
让山和海同时
心跳加速

梳妆台

天空是梳妆台

海面平如镜，偶尔

浪花飞跃，成为鸟与云朵

偶尔

云朵落下，化为鱼和浪花

海天一色

所有蓝色都融合

抑或褪色

海和天开始

喜欢上简单

抽走风声，偷走浪声

有些眉目间的喜欢

只允许在洞背村走漏风声

如何描绘与翻译

想问洞背村的黄灿然老师

是如何用诗的语言

写下一颗野杨梅的青春

如何将一份青涩与羞红

翻译为成长与爱恋

25

翠绿琉璃杯

或许，该出手了
摘三两颗野杨梅
放入洞背村
这只翠绿琉璃杯里
等风入杯中荡漾

白云清洁过的深圳

白云从城市的周边入手
从梧桐山顶
一路擦绿到凤凰山野
把深圳的每一条街道
细心疏通
把每一栋房子
均匀洒满阳光
把每一条河流
用心倾注活力

白云慢慢有点污渍
一阵行雨
浸湿白云这条毛巾
蓝天用有力的双手
搓干净再拧干水
天就更蓝
云也更白

我赶紧走上街道
让白云一遍遍
轻吻抚慰

我的身上
长满白色的羽毛
双手长出
天使的翅膀

伸出双手
学白云一样飞翔
和大鹏结伴
我的双眼
蓄满天空
纯净的深圳蓝

◈ 回到安化，回到梅山（组诗）

一

回到安化，每一步都踩在如梦的仙境里
回到梅山，每一步都踩在蓝天的白云端

二

踩落的往事，一件件随风飘散
记忆里的一场雨
在我来之前，已飘落在资江

三

梅山伸出指掌
那些随波逐流的时间之舟
随瞬间打开的闸门鱼贯而出

朝代间流失的各种历史描述
有柘溪水库泄洪时落差的冲击力
水与电争分夺秒互换着大自然
与生俱来的能量守恒

四

雪峰湖 一点点堆积着梅山故事与历史的烟云

这雪峰山深邃的眼睛里
倘若，你在不同的季节来
春如蓝宝石，夏如红宝石
秋如黄龙玉，冬如和田玉

倘若，你今晚急着过来
雪峰湖，这颗夜明珠
会从你的眼神滑入心里
来过雪峰湖的有缘人啊
能否一起约定在心里种下一个小岛
抑或约定在太阳升起之前
把这颗夜明珠
直接送给住在心里的那个人

五

再往前走一段就是六步溪了
翡翠一般的六步溪
是动植物的乐园与天堂
这里涵括了关于动的所有美好
这里包罗了关于静的所有美丽
这一动一静间
阴阳平衡着一种层层叠叠
又无以复加的完美呈现

我想六步就走完整个六步溪

我想六步就欣赏完整个六步溪的完美

这突然风起云涌的欲望与贪心

在我走到第七步时

逐渐完成一种回归或者轮回

我尝试轻轻牵手六步溪

我尝试轻轻拥抱六步溪

我尝试轻轻亲吻六步溪

我尝试轻轻转过六步溪

我尝试轻轻将关于六步溪的梦转过身

我尝试一而再，再而三

轻轻呼唤六步溪

从来时云淡转到去时风轻

六

白沙溪，印心石，江南

我漫无目的地走着

黄沙坪，云台山，东坪

我杂乱无章地走着，走到哪里

都如同步入了一个世外桃源

我相信了，原来世间真的有美好

我相信了，原来世间的美好

不只是在一个地方

也不只是一般模样

七

茶马古道从 6 亿年前
远古的寒武纪用冰碛岩一笔画来
这一笔画到今天
画出罗马广场，画出安化黑茶博物馆
这一笔画到此刻
画出新时代的清明上河图

茶马古道从上古蚩尤时期
一笔画来
这一笔
裁出安化百业俱兴
剪出新梅山崭新的富春山居图

八

住在资江边，泡一壶安化黑茶吧
我拿起杯
是谁把资江这把茶壶提在手里
源源不绝朝我的杯里
倒来安化如诗
倒来梅山如画

如果春天是有薄荷味的

春天在一千个人心里
有一万种香气
草木花香
春泥香味
若仔细听
连声音都散发香气

春风回来过
好像为谁停驻在谁的发梢
春雨滋润过的
不只是
春风轻抚过的地方

如果今天
我告诉你
春天是有薄荷味的
你会不会住在这
抽象的描述里

◆ 梅山

梅山在行走
山溪被清风拦截
静止

开水在沸点时静音
一杯安化黑茶
诠释喧嚣后的浸润

走入梅山
一种空白亦云亦雾
在脑海中升起

这一霎
请内视我的心
正在身体里打坐

也许下一秒
山溪邀约我一道出山
离开家乡

辑二　时光煮酒

◈ 诗里倒出白露为霜

诗，以倒酒的热情
朝我倾倒过来
倒出
沙漠、城市、瀑布
以及星辰与大海

而后倒出
白露为霜，蒹葭苍苍
再后来倒出
喜忧参半，轻重缓急

直到倒出
家乡梅山的语言与奔跑的原野
我们便邀约那些经霜的事物
一同举杯

无题

桃花玫瑰荷花菊花与梅花
她们盛开的过程
一如，春夏秋冬独奏时的音符
与合演时流淌的韵律

倘若我们用心去听
唐宋元明清五扇门潮涌般开启
有没有诗者和我一样
分身有术
同时朝每个门跨入

琵琶横笛箫声
每一声都在长出春天
每一声都在吹向秋叶
一根琴弦上
指尖滑出整篇《诗经》

所有的思念
等待成一只狸花猫
倘若我取猫名为小雪
再轻轻呼唤她的名字

所有的音乐
是否如刹车骤停
那个朝代
如果只有一名诗者穿越
会带走什么

而我
从画里回来时
不曾带走
那时江山

深圳火车站

站在秋风里
站成一枚误入红尘的果子
火车和季节一样
汽笛突然拉响没有准备的起点
自己才是自己的驿站
我才是我的过客

你只是旅途上擦肩而过的风景
秋天深处，大部分枫叶红得
一如太阳，更深处一些发黄的枫叶林

与泛黄的阳光偶遇
秋天和心情，会不会
也偶尔，会车或者撞衫

深圳火车站的铁轨
从我的眼睛里一直延伸
我是回不去浅秋了
我只想告诉你
我抑或深秋，都已无法回头

扣　子

总是像个孩子
等着妈妈，来扣上扣子
自己刚能动手时
总是开心地把第一粒扣子
扣在第二粒的扣眼上

后来，总是彼此都想
把自己的扣子
扣在甲乙丙丁身上
并相互为此
面红耳赤，争论不休

有一天，扣子慢慢被拉链取代
手里还习惯性地拿着
一粒粒有形与无形的扣子

我的心，从来没有停下脚步（组诗）

终于完成了一个为自己定的小目标：汉语言文学专业的学习。我没有去想要攀登怎么样的高峰，我只是想一步一个脚印，一步步去放脚，一点点去远足，走到我能去的山川大地，看一些文字旅途中别致或者别样的美。

一

此刻
我斜靠在沙发上
沙发以最适合我的舒适感
环抱着疲倦的我
拿起手机，想随意涂鸦一下
我的心，从来没有停下脚步

二

在现代诗的树林里
自由穿行久了
左岸，有格律诗词
如梅山紫鹊界梯田的美
层层叠叠的平仄
工工整整的对仗
袅袅婷婷的押韵

逐一踩点每一处风景
我的心，从来没有停下脚步

三

汉语言，仿佛从大汉之前的上古时期走来
也许，源于无法溯源的风声
也许，源于无法凝固的雨点
也许，源于无法停留的雷声
也许，源于无法握住的闪电
也许，这些风雨雷电
都是诗歌的注脚与点评
语言里释放的宇宙能量
有没有天线能完整接收
我的心，从来没有停下脚步

四

也许，后来它们一起约定
在某个朝代还原成一种汉语言
还给我们一种书写与描述的方法
也许，它们最终成了人们的
思想、态度、行为、举止与生活方式等等

五

也许，它们成了

我思想的脚步
前方有什么
是否在已知的认知
与未知的遇见中
碰撞，摩擦，礼让，融合
是否我的心中，已蓄满风雨雷电
此刻，我已经不管是与否
我的心，从来没有停下脚步

❀ 落日抑或黄昏

落日想把自己交给黄昏
黄昏想把自己托付落日
距离渐近，眉角低垂

山海也在四目相视时
放牧薄雾，朦胧了双眼
模糊了，海天一色的距离

脸颊上的晚霞，比往日更显羞涩
好像是云朵先伸出双手
拉下了夜幕

园山！园山！

我们用歌声将梧桐山绿道
拦河成动态的
五线谱堤坝

无人机是在音乐起时开始迷航的
它与秋风一道翩翩起舞
游弋与迷失在我们眼神里

在梧桐山河畔
秋天，园山和鱼群
鱼贯而入，径直游到我们心里

我们欢快的笑声，荡漾开一圈圈
生活的涟漪与热浪
层层递进

园山！正在热浪中
面朝辽阔的未来与大海
园山！正扬起梧桐山形状的
一叶叶风帆

西坑宝塔（组诗）

一

时间重要吗
时间有那么重要吗
在西坑古塔
时间静止，抑或倒流着
而我们仿佛在踏入古塔时
就已经完成一场穿越

二

宝塔四层七面
单一的青色
古塔一言不发的沉默
如同村子里未曾见面的
某个朝代的老爷爷

三

我们穿越到古村落的西坑
古朴的小村落
小路小井小房子小日子
古西坑与世隔绝

在简单吃不太饱的一日三餐里
开荒土，种山地，挑水种菜
日复一日，年复一年

四

村民们时不时去
梧桐山的另一面捕鱼
山那边是大海
我们扬起风帆
这不确定的收获里
有我们满怀期待的希望

五

从静止的古塔离开
走过一座小桥
桥下的溪水清澈流淌
流向山那边的伶仃洋
小桥的那一边
是高楼林立
车流如巨龙的新西坑村
时间加速在运转中向前大步奔跑

六

这一动一静之间

这古朴与繁华的转换之间
西坑宝塔默默守护着
他仍然一言不发
他以新时代西坑村
繁华似锦的画卷为语言
他看似什么都没有说
却说出了所有

梧桐山古盐道（组诗）

一

在滚滚热浪来袭的林海，我们
一个猛子扎下去
深潜入几百年前的古盐道
森林起伏的绿涛中
我们仿如，一叶叶小舟

二

在半山的古老道观前
一叶叶小舟
就暂时停靠在这个小港口
这个当年为渔民与盐商们
遮风蔽雨，补充粮草的码头

三

白云如往昔
依旧在天空撑开
一把把巨大的太阳伞
陪伴与守护盐商和渔民们来来往往

四

从古盐道的另一头走出来

盘山公路如一条长龙

腾飞于山海之间

山下盐田港码头的集装箱

从港口一直停放到园山

从海的那边堆放到山的这边

五

货柜车一辆辆快速驶过

新时代的深圳人啊

把琳琅满目的货品

运来国内与运往世界各地

六

小岛般的小汽车

在路边等着我们

我们加大油门

如大鹏展翅

满怀信心驶离梧桐山海

驶离园山这个深水港

驶向波澜壮阔的未来与海洋

◈ 掌声响起来（组诗）

在 2024 深圳"一带一路"国际音乐节开幕音乐会上，每次演奏结束，掌声潮水般涌来，经久不息，音乐家们反复鞠躬答谢，他们彻底地打动了所有观众。

一

所有音乐家的脸朝向指挥家
如向日葵朝向太阳
指挥棒一挥舞
音乐声就响起
所有关于音乐的美好
瞬间开闸倾泻
另一条银河
从我们每一个人心上流过

二

仿佛一粒种子萌芽
音符悄悄撑开大地
缓缓长出两片嫩绿的叶片
风轻轻吹来
均匀轻抚每一寸肌肤
而后，指尖穿过
白发就转青

世界在一颗心里

安详得如一个婴儿

三

乐声渐渐激扬

海浪与涛声相互加持

一浪高过一浪

浪涛结伴，席卷而来

铺天盖地

四

琵琶行里古老的琴声与马蹄声

踏缺了天山与心口

音符如骤雨

鼓点般敲在心头

一场冰雹

砸在音阶上

一级级滚下来

冲撞进眼睛里

五

鼓手落下重槌

竖琴声挡不住山洪暴发

只能陪跑着

大提琴与小提琴
所有的乐器一起奏响
滔天洪水从上古泄洪而来

六

那名女歌者
高音如火箭升空
先是海豚音响起
这种声音在大海深处的共振与共鸣
让声音外的鱼群如飞蛾扑火
紧接着
更强的高音从海底
发射出一枚枚导弹
冲天而起
突破海平面
突破所有的音障
这种爆破音里，孕育
毁灭与重生一切的力量

七

指挥棒冲天一挥
喜马拉雅山脉
在海底垂直而起
直插云霄
所有的洪流与潮水瞬间退去

海岸的五线谱上

所有的浪花

回归到音符

八

指挥棒把时光锁定

自然而然开启

春夏秋冬与日月轮回的样子

回归草木花香

与一日三餐的生活

回归最初岁月静好

滴水为源头的样子

九

当一切都随指挥棒静下来

此刻

世间简单得

只有白天与黑夜

只有阴阳平衡

只有你和我

而我

只想成为最简单的那个音符

只想和你一起虚度时光

刚想到这里

掌声啊，潮水般响起

音乐还没有响起

音乐还没有响起
听音乐会的人
三三两两
如音符在马路上此起
在音乐厅门口彼伏

音乐还没有响起
音乐厅的大厅
人们有说有笑
各种方言与俚语交汇演奏着

音乐还没有响起
在大屏幕前
拿起手机如指挥家
定格与留影
再如鱼群游到
屏幕如池塘的荷花前

音乐还没有响起
我们游过检票的闸口
随台阶抬起脚步

升高曲调与心情
再加快节拍

音乐还没有响起
在属于我的音阶弹奏并坐下来
演奏家们拿着各种乐器依次入场
观众们从五线谱上
不间断地，呈现变化的曲谱
音乐会前的另一场音乐会啊
正在精彩上演

◆ 路

倘若，心里的那条路
此刻再铺上一块块柔软的诗句
来到子夜时分，只通向自己

倘若回到曾经，我用小诗建的小门
门内搭的草庐
是否还有当时明月在守候

篱笆墙，只是某种旧时归宿的象征
河流、野花与影子
自然间，互为距离上的路径

听闻风要来，我把心扉虚掩
至于其他，我都交给了
阳光嘱托与升温过的缘

龙岗河如一名舞者

龙岗河轻甩秀发
发端
衍生出羽翼

经过龙园时
你稍作停留
朝我们转过素面红颜

一张张影像咔嚓被眼神定格
一首首诗行节节随心跳拔高
一曲曲旋律由轻松渐转欢快

龙岗河如舞者
在蓝天与大海间
轻轻拉伸了一会弹性的腰身

而后，舞者
用身影在观众的视线上
一边绘画，一边弹奏

龙城广场，红立方，双龙站

鹤湖新居，大运中心体育馆等无数音符

在地铁三号线与龙岗大道的琴弦上

随风自然跳跃，且丝丝入扣

我们都忘了

是时光，把序幕缓缓拉开

从此，我们就再也不愿

合上幕布与眼帘

◆ 导航

有没有
比导航更清晰的路径
它能带我去到
冰封的河面下
看鱼儿是否成了鹅卵石的地标

若工作和生活
有另外一款导航
我们想达到的目的地
瞬间就抵达

若你我之间
还有比这些更好的导航
一念缘起
再
一念倾情

若我说出
我不想要固有的导航
当绝大部分人
想直接获得结果与答案

我想要时光做导航

陪时光缓慢成长

从你眉目之间的一朵花开

到眼神中

开出花香欲滴

在一杯咖啡里旅行（组诗）

咖啡的香气有时会触及灵魂，灵魂散发的香气往往醉人于无形，好久没有写关于咖啡的诗了，写一首小诗吧，诗里可能有咖啡的味道。

咖啡的前生

在与欧洲远隔千山万水的非洲

中南美洲与亚洲

在北纬 25 度到南纬 30 度的大自然间

那里是我们前生生长的地方

那里有母亲般宜人的气候

尽管成长的过程

有诸多细微的苦涩

我都微笑着过滤

把它们珍藏在咖啡豆的果子仓库里

成长中有那么多甜美

我要将甜与美

挂满树干与枝丫

咖啡豆不经意间由青转红

状如南国红豆

世间许多的情感

亦悄然间由青转红

前生的缘
亦如一杯今生的咖啡
抑或因此刻的咖啡豆而起

咖啡的今生

第一个牵我们手的人
把我们托付给另一群人
再经过一个又一个驿站
脱浆烘烤晾干碾磨
终于有一天
我们成了黑色粉末状的咖啡
人们给我们穿上咖啡色的婚纱
我们远嫁到了意大利
这里是异国他乡
而人们又将我们带到遥远的中国
在深圳，这里的人们
用滚烫的热情拥抱我们
我们的身体在高温中
熔化成火山深处的岩浆
人们迫不及待地细品
直到咖啡渐冷茶杯渐凉
直到我们的爱意一点点被消耗殆尽
只剩下人们情感偏离时
遗落的少许残渣

咖啡的来生

我把肉体交给你的唇齿之间

伤痛还是甜蜜

可口还是苦涩

我统统交给了你

我把灵魂抽离

用缕缕香气细心呵护

毫无保留地交给了你

你尝试细嗅咖啡

细嗅那如日子弥漫开来的香气

来生，我若不在身边

你若偶尔发呆

那时，是否会想起我的味道

来生，我若不在眼前

你若偶尔发傻

那时，是否会想起我的香气

是否偶尔，也会有咖啡在唇边

溢了出来

以后的以后

你若尝试伸出舌尖

舌尖亦有此时此刻的香气

深圳44岁生日，我们手捧44个魔方（组诗）

一

万花筒般的日子
如果一定要从头开始说起
1979 年的那个春天开始孕育的
1980 年 8 月 26 日
深圳，从伶仃洋边如朝阳初升
这一天，成为了深圳的生日

二

深圳
从诞生那一霎
就开始如陀螺般高速运转
螺旋式上升
三天一层的国贸建设速度
是魔方上的 logo
是最具标志性的深圳属性

三

夜以继日奋斗着的建设者们
用青春与汗水

见证了深圳的成长

见证了每一个年轮的形成

每一个年轮

都在叠加中完成一场场蜕变

四

深圳的第一个生日礼物

小渔村小心翼翼，双手捧着

万花筒七彩的梦境里

有属于我们的，魔方般的大城市

梦醒后，是否美梦成真

五

而后，岁月随魔方调整与变幻

在小草也可以长成森林的鹏城

深圳一年变个模样

每年的生日礼物

都手捧更美更好的魔方

六

罗湖，福田，南山，盐田

宝安，龙岗，龙华，坪山

光明，大鹏与深汕特别合作区

她们组成最美的魔方版块
我们用蓝天与大海做彩纸
我们再用白云做气泡膜
轻轻将上面的魔方礼物包好

七

我们再用双向深中通道
这长长的彩带系好
前海与粤海，是彩带上
振翅欲飞的蝴蝶结
深圳手捧这珍贵的生日礼物
这第 44 个魔方

八

魔方里啊
有万花筒里的美丽
有深圳 44 年成长的
玉树临风与亭亭玉立
亦有万花筒里没有的
未来可期与无限美好

◈ 我不能从一首诗歌里折返

时光在擦肩时手滑
我知道，需要一场
不能犹豫的停驻

回应，如果此时
就掺和在回音里
我将屏蔽所有的风

回眸，是风里说出的风声
一朵云正随风飘近
我已深陷，不能从一首诗里折返

◆ 心系广西七百弄（组诗）

布吉街道统侨办张红恩主任与龙岗联队一行，多年来心系广西七百弄，自发组织志同道合的爱心人十一，常年坚持到七百弄帮扶助教，路途虽远，年年如约而至。

听闻广西七百弄
喀斯特地形的群山
少土缺水
偶尔下场雨
石头山啊
留不住雨水
种不了稻谷
种不了青菜
祖辈们反复试验
把生存的希望
种在金黄的玉米粒里
祖辈们变魔术般
把玉米做成各种食物
玉米饭、玉米粥、玉米饼
玉米羹、爆玉米花等等
从小的我们
就以为玉米是最好的主食

外面的世界
也和我们一样
吃久了
我们的脸庞也是玉米的颜色
我们身体的皮肤
更是玉米泛黄的颜色

心里有了七百弄

好像心里多了些什么
只要闲下来
心里就不由自主地想起七百弄
那遥远的山区
我能为七百弄做点什么
我最应该为七百弄做什么
想到这里
我想孩子是七百弄的未来
最应该做的是帮助孩子们
想到这里
我就拿出了详细的计划
我就马上张罗志同道合的人们
原来的我变成了现在的我们
以前的想变成了现在的行动
我们分工合作
采购书包书籍文具

采购零食粮油方便面

采购衣服篮球乒乓球等

我们安排好长长的车队

我们规划好沿途的路线与攻略

我们事无巨细，安排妥妥

七百弄啊，从此不再遥远

出发七百弄

我们整装待发

我们把每一台车保养好

我们把每一台车的人员与物资

合理搭配好

在那个晨曦初升的时刻

车队如长龙驶向遥远的七百弄

我们从大海这边的深圳驶向广西的山区

车队有时箭一般向前

车队有时河流一样流淌

导航里的距离一点点拉近

距离越近

我们的心好像越迫切

走进七百弄

终于来到七百弄

石山林立的七百弄

八分石山二分土

勉强够小车通行的泥泞山路

在石林山间蜿蜒而过

看不到从哪里来

也看不到去向哪里

我们顺着山路一直往前开

打开手机导航

到处没有信号啊

我们定下心来

这里只有一条山路

我们顺着一直往前开

偶尔对面有车开来

我们远远地互相按喇叭

默契地找会车的地方

开到没有路的半山

我们停下车来

把体力欠佳的同志留在原地

其他同志把所有物资分配好

肩扛手提，兵分几路

前往目的地

牵手七百弄

走过很长的山路

来到云深不知处的教学点

简陋的学校

整个小学阶段八百多名学生

只有一名老师

他们没有青菜吃

长期以玉米为主食的脸蛋黄黄的

小学生们纯真的脸上

有最纯的笑容

我们把一部分物资送给学校

我们把文具书本书包校服送给学生

我们大手牵小手

一起读书写字画画

一起唱歌跳舞讲故事

我们好像成了七百弄的小学生

回到了七百弄才有的童年

我们约定每年都来七百弄

看看小朋友们和助力他们正在成长的童年

不能履约七百弄

三年多的疫情席卷全球

我们因故不能前往七百弄

我们的心上挂着一份份牵挂

日复一日，越来越重

我们的脑海里浮起一个个思念

小舟一样，拉满风帆

向七百弄再出发

终于可以出发了
我们振臂高呼
新老朋友们组织了一支更加强大的车队
我们轻车熟路地做好各种准备
在三年后的深圳
我们带着大海般澎湃的心情
向广西七百弄再出发

拥抱七百弄

抵达七百弄
眼前的景象让我们不敢相信
当年的泥泞山路
已修成轻松通行的水泥路
电线已输送到每家每户
处处有了手机信号
车队一直开到教学点
当年的小学生们脸蛋颜色已正常
老师介绍
公路修好了，每天可以开车采购青菜等
学生们的必需品
水电路都通了
政府给民办了三件大实事
深圳的朋友们

74

感谢你们给学生们带来

山那边的希望与大海的信息

我们久别重逢，长久拥抱在一起

七百弄的未来

明年，我们会再来

后年，也许我们不需要再来

无论来与不来

七百弄已住在我们的心里

无论来与不来

七百弄的未来已经注定更加美好

时光煮诗

诗是心里的一座鹏城

城里，长出高楼
天空，长出阳光
有些人
怀抱阳光坐下来
有些人
怀抱梦想住下来

辑三 时光煮雨

◈ 八月，串起珍珠般的日子挂在胸前

捡拾起麦穗般的阳光
饱满的麦粒里
到底填充了多少往事

天空好像长期空腹
白云如棉花糖
刚游到唇边，被秋风一朵朵吹远

好不容易攒下半场秋雨
风把雨摇下来
砸在果子上，一些果子
被小雨砸落下来

树下的小女孩大声说
哥哥，我要把雨滴串起来
做成项链挂在胸前

哥哥
我要把果子串起来
挂在你胸前

八月
我想串起珍珠般的日子
挂在我们的胸前

车过衡阳

车过回雁峰
我是比大雁
飞得更远的候鸟

曾经离开的地方
如梦一般远
亦如梦一样近

家乡
渐渐成了
一年难得回去一次的地方

在衡阳站稍作停留
大雁年复一年在此
长时间休整补给后返程

我们和高铁
以大雁追不上的速度
风驰电掣

当时光也加速

80

当情感的弹性
因生活的节奏太快而降低

我把感冒当作一朵雨天的云朵
在前方抵达时，为谁
撑云朵为伞，遮蔽或收集雨后的阳光

● 秋天，夕阳落下慈悲

夕阳，落在诗里
如同鸡蛋
正煎在锅里

◆ 七夕来了，天气是粉色的

遍地坚硬的房子
与无数个棱角分明的日子
仿佛约好在这瞬间松弛下来

三角形与正方形，锤形与圆形
在建筑物与心情间
交错后，渐渐朦胧

阳光持续
加温撒下调味料
温暖温柔温馨

眼神里的热量在汽化
弥漫间，悄然融化
所有与尖锐相关联的事物

想问七夕，到底为哪些人而来
阳光看了看一望无际的清单
一手铺天，一手盖地

手心里的那些房子，这些日子

包括现代织女的回眸

与牛郎想要的天气，统统都是粉色的

七夕透明且流淌

黑夜
在眼睛里的部分
呈银河星系状

一些无情
在有情人眼里
被银河洗涤、忽略、带走

鹊鸟衔来一个个文字
垒字成桥
诗句的台阶
一步一步通往七夕

桥上啊，有些什么
漫过桥面
而我，无法阻挡眼神里
一种透明且流淌

写云

章鱼般七手八脚的日子里
我就在蓝天上写云
写云淡风轻后的诗

我和我 （组诗）

《西湖》杂志主编吴玄老师以"我和我"开讲小说叙事的未来，我想，"我和我"一直在成长间完成某种延伸，当我把我的触角伸到诗中时，我的另外一只触角延长到比诗更远处，那里有无数个我。

一

我一直手拿
一根根风筝线
线的来龙是我
线的去脉处
我，不止一个我

二

形与影离合，是我
分身与出神，是我
思想与意识合二为一
是我

三

镜子里与镜子外是我

千里之外
传递的声音里，是我
你看到的，诗包裹着的
是我
你看不到的，亦是我

四

我把我层层铺开
我再把我如门窗
逐扇关上
白天与黑夜，是我
轻重缓急，是我
梦里梦外，是我

五

你看到的凡身肉体，是我
如果你看到了光，是我
如果你的眼睛里
有了光，是我

六

此刻的你，是我
那些山川草木，是我

那些空气微尘，是我
那些笑意与伤口，还是我

七

包括这首安静的诗里
心在跳，是我
太息，是我
胎息，是我
倘若说到了无我
统统是我

◉ 新时代里的伯乐与千里马（组诗）

时间在奔跑，转眼跑到了客家体育俱乐部七周年盛典。我一直在为幸威兄弟助跑，菜上了五味，诗写过三巡。主持人说七年之痒，是啊，七年前的七年之想，在今天，终于有了盛夏果实的七年之痒，七年后的今天，梦想会有上市的七年之响。

一

少年时的风很轻
我就想比风跑得快
当我一天比一天跑得远
风，却一直领跑在我的前方

二

少年时的云很白
白云奔跑在蓝天上
我邀约白云一起奔跑
白云有时搭理我
更多时候
白云二话不说
撒开双腿陪我一路跑去

三

少年时的梦很甜

我梦想有一天

带领一群想奔跑的人

跑出梅州

跑向三山五岳

跑遍世界的每个地方

四

七年前，在鹏城

我与激情四射的奔跑爱好者们

一起成立了客家体育俱乐部

一群志同道合的兄弟姐妹

携手奔跑起来

我们挥汗如雨

我们以脚下的大地为鼓

一遍遍敲响前进的鼓点

那时的风有点咸

五

七年前

白云一直陪伴着我们

跑遍山川大地与许多城市

半马与全马啊

越来越多的客家体育俱乐部的选手

纵横四海去参加

各年龄段的选手

奔跑在各个赛道

我们拿下无数的奖杯与荣誉

这个时候的风很热

我们的心很暖

六

七年前

年少时的那个梦

正由浅入深

七年前的风

陪我快速奔跑起来

开始在身后助力

开始在身边加油

七年前的风

开始变得有无穷的力量

七

这七年来

我们悉数上场

我们陪白云在蓝天下奔跑

我们约微风在大地上奔跑

我们想跑赢风

我们要跑赢云

每一场比赛结束

风和云在终点处

和我们拥抱、握手，再加油

八

七年后的今天

我们邀约风云共聚鹏城

曾经的伯乐与所有的千里马

都齐聚一堂

以千里马奔跑的姿态

热烈庆祝客家体育俱乐部

成立七年盛典

九

今天

是一个崭新的起点

更多的千里马

将以今天为起点

将从这里跑向无疆的远方

请允许我，端来一杯今天的风

大家快来干一杯

是不是有奔跑时快意上头的劲道
是不是有手拿奖杯时的八分醉意
是不是，比酒还香
是不是，比蜜还甜

◆ 和春坐

诗是一条河流，
缓缓流过岁月的心上
诗是左岸与右岸之间的
虚实结合的彩虹桥
桥的两端总有缘起
桥上偶尔有清风停驻
而我，只是恰好路过
和春坐了下来

布吉！布吉！

这里微风不急
她们用东湖的湖水
滋润稍显干涩的画笔

这里的车流不急
总是在清晨与黄昏缓缓散步
来来回回

布吉总是睡得很晚
却醒得最早
时光在这里缓慢拉长
每个窗口里漏出不熄的灯光
与几朵蒲公英般飘浮的梦

布吉东站与木棉湾地铁站
如一对恋人
亦如同等待游子归来的父母
双眼蓄满了期待

大芬村的油画
正把期待泼墨于

山水间的千万种色彩

那些油画
排着队，快节奏地
走进了全世界各地的家庭

雪片状的订单啊
正从世界的每个角落
撒向大芬油画村
源源不绝，且纷纷扬扬

◆ 阳光抑或玫瑰

诗
是阳光的枝头
开出的玫瑰

◆ 情书

诗
是我写给世界
和自己的情书

◆ 在河之源

总是抵达不了一条河的源头
总是不能真正住在一个人的心里
那些抵达的细节
音符一样跳跃着

连平是河源心跳时
最柔软的地方
我们就住在这柔软里
柔软的葡萄藤蔓上
阳光，玫瑰般盛开后
结满诗一样酸酸甜甜的果子

麒麟山脚这座小青楼
怎么也装不下大鹏展翅的笑声
当我们转身，离开
我们已经行舟于《诗经》里
行舟于一种抵达之间

◆ 月亮藏着一只酒杯

上古时代酿好的酒
倾倒出
滔滔不绝的银河

宇宙的酒桌上
隔空摆放着
太阳和月亮两只酒杯

我们总是一而再
再而三地错过
错过黎明时的缘起

白天与黑夜
亦如同我们
在有心与无意间错过

月亮在我们擦肩时
拿出藏着的那只月光杯
杯中斟满了月光酒
溢出广寒宫
暖如春天后的新神话

桂花香如酒

嫦娥尽数倾倒至人间

大海星辰

与世间的有缘人

都已在，来的路上

● 鹰嘴桃

　　河源连平的鹰嘴桃熟了，夏天急忙赶来，伸过热辣滚烫的鹰嘴，桃中极品的可口啊，百闻不如一见，百见不如一尝。我们和夏天结伴而行吧，要么，我们把鹰嘴桃般的夏日摘下，以小诗一首记之。

　　小鹰一般
　　落满了桃树
　　山谷热闹起来

　　其他的水果
　　小鸡一样，在风中
　　一边啄食米状的雨粒
　　一边扇动
　　斜风筛漏阳光的翅膀

　　村里等待已久的人们
　　伸出骨节突出的双手
　　抓下鹰嘴形状的桃

　　夏天急忙赶来凑热闹
　　在我们之前

時光煮诗

与美味之间
轻启鹰嘴般
热辣滚烫的唇齿

104

折叠河流一样的生活（组诗）

不要给我大海，请允许我，把布吉河的一段折叠，放在我此刻与以后的生活里。

一

站在嘉宾路的桥上
温度接近 40 摄氏度
正午的太阳
直直地射下来
看不到自己的影子
路旁树影下阴凉处
好像都是温柔乡

二

布吉河
平放长长的化妆镜
它用反射的光
打磨着镜里与镜外的秀美
两岸的房子俯身露脸
欣赏自己的倒影

三

波纹一直在忙着折叠
想把所有美丽的倒影
完整收藏

四

往前走
是万象城，地王和南山
往回走
是国贸，向西村与黄贝岭
往哪个方向
新冠疫情和我
都如明枪暗箭
也许停下与躺平
才是正确的选择

五

我还是选择往前走
生活不能停下
太阳底下
河流仍在日夜不停，轻轻重复
折叠着她们喜欢的
事物与生活

缠绕

这几个月的雨
以为都是下给鱼的
海洋默默收获了所有
谁遇上了
雨露均沾的泛滥
谁就期待小舟撑来的阳光

恰到好处有多难
风吹过来时
刚好，把手中香点燃
有心和无意
有时隔着雾
有时，早就搭好了桥

你还没有，抑或很难走远
两只脚的脚步声
朝彼此长出藤蔓

◆ 犁

诗，犁过心上
旧了的日子
就充满了新希望

● 被雨淋湿的夏天

一场豪雨还没有下完
阳光对准心口
冷不丁，打个尖

缝隙间，看到了久违的
蓝天在胸口
捏风绣白云

日子经年积攒的水分
终有一天
随江河水满溢

梅山竭尽所能
将平日的小桥流水与人家
藏在身后

是时候
打开一个闸口
需要用一场泛滥的洪水
冲刷固化了的锈迹与认知
是否，意念间有小魔法

当我闭上双眼
闸门就随之关上

而，瞳孔中
是什么如鱼群般
鱼贯而出

在莲花山顶（组诗）

一

在莲花山顶
顺着伟人的目光往前方看去
尽收眼底的，不只是
深圳的繁华
香港的璀璨
伶仃洋的辽阔

二

在莲花山顶
跟着伟人的脚步
从小渔村大步流星
走到经济特区
走到中国特色社会主义先行示范区
再走到粤港澳大湾区

三

再从这座高科技之城，步步登高
走向科幻的天空之城
走向梦想正在实现与实现后的
星罗棋布

四

天空之城的鹏城啊
起过 200 米的摩天大楼
建好的 236 座，在建的 100 多座
拔天而起
多过世界上任何一个国家

五

大疆无人机群
与比亚迪电动汽车并肩
飞向世界
飞向宇宙的无疆
华为华大腾讯
阿里百度京东等等
它们如日月星辰
闪烁在浩瀚宇宙

六

在莲花山顶
我们接棒伟人的精神
火炬般举过头顶
我们学那大鹏展翅
我们唱着《春天的故事》
走进一个又一个新时代

辑四　时光煮云

● 喊停一场没完没了的春雨

一场春雨，一直下到了夏天。据统计，3 月下了 26 天，4 月下了 25 天，5 月下了 26 天，6 月，今天已是最后一天，雨还在下个不停。

知道春天好
春雨不肯离开
他努力打卡上班，尽量不休息
他，天天汗如雨下

知道春雨千般好
她侧过身
侧过阳光般的笑脸
春雨连绵，想覆盖与忽略
春天以外的季节

我，一早就陪春天坐着
春雨嘀嘀咕咕，一直在叙述
黑夜与白天更替的
以及
梦里和梦外轮换的

114

我一直没有回应
我一直在等，今天上午
夏天的第一句雷声
喊停，六月的春雨
唤醒，七月的阳光

折返

日子在天气里折返
光照射过来
河流将其折返

一颗心折返的
另一颗心
也许不会相逢

声音和影子
正去往
不同的方向

当
经书里的风声
长出藤蔓

烟火般的我们
是否
折返与重逢

一定

草原，一定有
蒙古包般散养的牛羊
草原，一定有无形的栅栏
一定有让人
误解的辽阔与无疆

一定是站在蓝天下
白云在头顶
梳理微澜的情绪
顺心后的情绪
发丝般垂下来

一定偶尔有风
一定偶然有雨
一定偶遇阳光
一定偶像剧般上演着
谁都可能是主角、配角，谁都可能是偶像

当人们来到了远方
远方在更远的地方
当你写下诗行

诗已悄然走出字里行间

此刻，再看回自己
标点符号里的心情
一定一定
需要重新定义

● 门虚掩

资江边小阁楼的那扇门
从八十年代打开
门，就虚掩

资江与江风是常客
她们挤进你的小阁楼
搬文字的小板凳，坐下来

我们是邀月色一起来的
来时，资江爬上岸
一路尾随而来

你把有趣的故事
研磨　冲泡
在一钵梅山擂茶里

临别
我们留在资江
与你送行时挂在天边的
是同一轮，皎洁的明月

◆ 合 影

在深圳中心书城现当代诗歌区域，看到了自己的第三本诗集《温度——走进春天》，如同和另外一个我合影，如同和我的恋人与孩子合影。

没有征求你的意见
我拉着你的手
我的恋人
走进春天时
我们要合影

忘了呼唤你的乳名
我双手举你在胸口
我的孩子
你一定听到了夏天般的心跳
我们要合影

所有的事物
终有一别
我转过身
诗歌在我前后左右
如影相随

与其他的光和影不一样的是

诗的影子啊

居然　有和我一样的温度与心跳

索性和诗歌约定

我们一起走进春天后

就，不再走出

属于我们的春天

◈ 陪伴时光

时针分针秒针
在和我们躲猫猫间
渐行渐远

没有嘀嗒声响的日子里
时间如同
远行的孩子

流星般划过的
小鸟般飞过的
降落伞般滑翔的

如果，最终都停在心上
是否，我或者我们
该扩建
一座空港

白沙溪（组诗）

一

踏入白沙溪
白沙早已泡在溪水里
那壶正在沸腾的黑茶
恰好抵达
某种双向的期待

二

而，沿江的那条路一直随缘
资江水，随堤岸来来往往
依江而建的房子
如茶果盘里的零食
在资江的指尖
随波逐浪

三

阳光，亮出蓄谋已久的茶刀
明晃晃地切割着
风在风声里暂停
江在江水间失语
路在路程中开阔

四

你提起茶壶
倒出白沙溪水流荡漾的声音
倒不完的白沙溪啊
一些白沙粒
茶叶般被泡开和被过滤
白天与黑夜的舌尖
皆是黑茶回甘绵长的味道

五

数不清的大山
围着白沙溪
坐了下来
我想端起这杯茶
从滚烫喝到微凉
一些定义将被更高处替代

六

刚才，这一壶茶经历春夏秋冬后
许多传奇
正从这里蓝天般铺开
正从这里白云般开始

◈ 田之坪

田之坪状如一把椅子
一直为我空出
一个量身定做的位置
离开田之坪越久
心里越空

心里空出的部分
也呈现出椅子形状
心上的这把椅子啊
好像长期空置
又好像未曾虚席

爷爷、奶奶与妈妈
还有那个乳名为田之坪的家乡
他们坐在我心里的椅子上
一条漳水河
从梦的深处朝我流过来

站在庙山下的剪刀岩
看河心的旋涡
卷起新的浪花

卷走儿时回忆

那就把回忆，筑坝拦河
把所有鱼儿
都围堵在河坝的上游

水转筒车舀起河水
日复一日倒下来
每一点每一滴
把我的心田灌溉
灌醉与流过

父亲（组诗）

一

脾气倔强的父亲
瘦得只剩下皮包骨
失去了弹性的缓冲
我们知道父亲的每一次生气
将是一场硬着陆

二

时间链条慢慢滑向尾端
齿轮正在渐渐变小的咬合力
让行走都成为一种奢侈

三

仪器和药品中间
有时隔着，生存的希望
有时关联着，对生命的欲望

四

如果仪器、药品与物质
只能提供适当的润滑
如果没有呼吸机

不完整的咳嗽声里
生命仿若在持续消耗
如果所有的努力
仿佛杯水车薪

五

呼吸借助呼吸机在努力
病情借助所有的外力
固执地坚守，庆幸的是
撤防尚能兼顾，还未溃不成军

六

病情若稍好
烟酒不忘
跑胡子难离
若讲老人家两句
眼神里有火
箭一般升空

七

唯有亲情
是看不见的药引
能配伍，所有看得见
与看不见的药方

端午辞

把《九歌》《九章》
包裹在九片《离骚》的粽叶里
拿九段《天问》的细绳绑好
而后，我们用汨罗江的水
一起点燃岁月
再点亮时光，去慢慢煮

揭开今天这锅盖
热气与香气
扑面而来
香港和深圳的作家诗人们
相约在龙园，约在一首首诗里
龙的传人们啊，八千年后
依然排排坐

有没有谁，在此刻
跨越时空而来
那熟悉的《楚辞》味道的书香馅里
有新诗海风一样包裹过来

窗外抑或窗内

窗户如果没有玻璃，是否可以忽略窗外与窗内的距离？

站在窗口
有意与无意间
站在了彼此的窗外

同时拿起手机
想留下此刻
彼此独有的那一份美好

我举起手机
如同突然闯入了
一名不速之客
更像一枚石子丢入湖中

你们朝我
涟漪般摇曳着微笑
此刻，我如一叶小舟

是否
我们都停泊在同一个
没有距离的窗口

130

秋天是还没有长出鹿角的小鹿

不是每一幅画
都是一个人完成的
不是每一次成长
都经历了春夏秋冬

在没有冬天的深圳
秋天，沿路开着春天的花朵
每一个人都甘心
沉醉于春天开往夏天的列车

昨天遗落的不完整
如这秋天
秋天如这只腼腆微笑着的
没有长出鹿角的小鹿

炒米粉

长着大众脸的师傅
把半成品的米粉
倒入早已热红了脸的铁锅中
如同我们
当初操一口塑料普通话
热气腾腾，奔赴这座陌生的鹏城
粉丝般丢入锅中

猛火热油翻炒
吱吱作响的身体里
仿佛，复述一段煎熬的日子
有亟待出逃的灵瑰

大蒜葱花生姜
指天椒酱油陈醋
各种调味料
花瓣雨般飘洒
而我们的食欲
与日俱增

百折千回后

从锅中铲出
放入生活的碟子中
岁月沉淀后的样子
如城中村混合的气息

随意拿起一次性筷子
在着最简陋的折叠桌上
把如同自己般的米粉
夹起来

时间一直在横刀立马

那些小孩一样成长的高楼
一直跟随时间
往前奔跑到中年

某天，所有的房子停下脚步
把我们当镜子
可，当年的水晶平面镜
何时，变成了哈哈镜

白云鞭长，伸向天空
而我，渐渐站成了高楼的模样
阳光和风一样
没个准信，要来不来

如果明天没有等待
脚步如地基生根
所有的距离
我都鞭长莫及

时间，一直在面前横刀立马
我想把诗连根拔起

以文字为马
朝时间甩响诗的长鞭

缝合

当诗性扬帆时
柔软了哲学

当哲学的裂缝处
有诗如微风
在阳光的琴键上
在来来往往中
正完成某种缝合

那些，自带温度的音符
若，你来看时
溅起为小鸟

偶尔，散落的啊
化为小岛与浪花

写给登山家刘永忠老师（组诗）

　　刘永忠老师这几天正在冲顶珠峰，在刘老师家里的一面墙上，有从南坡与北坡登顶珠峰的一众登山家的签名，其中只有一位签名者不是登山者，而是女排世界冠军，她登顶了另一个领域的"珠峰"。

　　写下这组诗，是为了给冲顶珠峰的刘老师助力，一开始我是以第二人称来写的，后来改为第一人称，如同我就是一位冲顶者，如同我就是正在冲顶的刘永忠老师，祝福刘老师登顶成功。谨以此诗记之。

大鹏初展翅

自你从鹏城

迈出登高的第一步

你就是展翅的大鹏

那些连小鸟都无法触及的高度

某天，在你的脚下

成为去往下一个

更高峰的支点

大本营

2024 年 4 月 27 日

登山家们在珠穆朗玛峰

南坡 5300 米处大本营休整

橘红色的帐篷

如你心里激情燃烧的火焰

如登山家们一起挥舞手中的旗帜

雪山圣洁

登山者虔诚

蓝天啊，干净得没有杂念

昆布冰川

昆布冰川是迷人的

昆布冰川亦是个谜

她的发端处海拔的 8000 米

银色的秀发瀑布般飞流而下

请允许我们在大本营

做好一些准备工作

我们既要欣赏她的迷人

也要不沉迷于她的谜题

2 号营地

6400 米的 2 号营地

我们来了

我们带来大地与海洋的信息

我们带来春夏秋冬的讯息

只为与白雪公主来一场邂逅

我们要告诉白雪公主
四季的秀美除了与高度相关联
亦与温度息息相关
你若看看我的眼睛
当你再次回眸时
就眼含春天的气息

重返大本营

我们在适应与熟悉
雪域的气息与性情后
重返大本营
整装待发的心情
如果一定要去描述
如那雪域高飞的雄鹰

冲顶

前进的每一步
都是坚强一次
攀登的每一步
都是战胜前一秒的自己
身后的脚印
深深浅浅
身前的顶峰
越来越近
此刻，坚持就是我的步伐

此时，毅力就是我的脚步

顶峰

当我跨上最有意义的一步
珠穆朗玛顶峰
已托举起我与我们的身体
白云啊，成了我们的翅膀
我们在不经意中
成了超越 8848.86 米的
崭新的高峰

巅峰

我将再一次告别珠穆朗玛峰
如同告别 18 岁那年的你
在这之前
全球 16 座 8000 米以上的高峰
我已登顶了 14 座
人生要登顶的高峰无数
在登山者的眼里
刘永忠老师
你可知道
你已成为巅峰

◆ 我想告诉夏天

我想告诉夏天
龙岗河畔
仍有春天的味道

我想告诉夏天
我们在龙岗河畔写下的诗句
是一件阳光般温暖的衣服

我想告诉夏天
鹤湖新居
有我们跨越历史烟云时
被微雨淋湿的记忆

我想告诉夏天
龙岗河畔伸长的耳朵里
孕育了我未曾对你说过的季节

◈ 我一直习惯以茶当酒

我一直以茶当酒
独酌与对饮
如果少了这杯茶
唇齿间就少了仪式感和酒香

一杯茶代替酒的时间长了
自然而然，成了53度的酱香酒
端起来
前调与中后调
头香、中香与尾香
各不相同

在一群人的热闹里
我喜欢举杯独饮
更喜欢把
自己当成一杯酒举起来

还喜欢把杯里上面的
三分之一的位置
空出来给你

在一个人独饮时
我想逐一品尝
从这杯到那杯酒的距离

我还奢侈地想
逐一尝遍
高山与大海

◆ 涟漪抑或鱼群

涟漪，鱼群般游出水面
游到龙岗河畔岸边时折返
与河心的鱼群
散开又聚

河心那块不知名的石头
是鱼群短暂的落脚点
抑或驿站与加油站

两岸的树枝
布下一张结满树叶的网
撒向湖面

堤岸拉住正在撒网的树
是在等更好的机缘吗
还是心有不舍

迟疑间
树叶的倒影
邀约桥上的我
还有群山、蓝天与白云

一道，面朝大海

潜入河中

● 一起走过的日子（组诗）

一

我们在翠湖文体公园北门集合
云朵在头顶的天空集合
东江的江水
在名叫东湖的深圳水库集合

二

天空、云朵、东湖和我们
一起在一座半月形的桥上合影
我们伸出右手
夏天的风，小鸟一样停在指尖

三

我们坐在台阶上
笑容如路两旁的花朵
每一朵都在盛开

四

走上登山径
每一个亭子都有一个诗意的名字

望山与听湖，为何让我们
一边收心，一边分神

五

山下的金稻田路
种满了稻穗般的高楼
稻穗　高过山顶
每个格子窗户里的灯光
在黄昏时如谷粒
金黄又饱满

六

前面的山顶酒店
是深圳的布达拉宫
如哪一天去到山顶
记得摘几片云朵做太阳帽
记得摘三两颗星星
镶嵌在帽顶与胸前

七

走在淘金山绿道
绿道从眼睛里
一直延伸

八

绿道如树，一路分枝散叶
我问自己
在淘金山到底淘到了什么

九

大望桥的旁边
正在修建一座崭新的大桥
桥的那一头
有深圳最美的仙湖植物园
有深圳最高的梧桐山
有等一下我们要去的
深圳最美味的网红餐厅柯记

十

梧桐山顶有高耸入云的
深圳电视台信号塔
山的那边啊
有最美的大海
有大鹏展翅在山海之巅

辑五　时光煮诗

◆ 时光煮诗

先是等时光煮诗
后来
诗歌煮我

再后来
我们交杯后
喝下彼此
醉了春秋

● 不止于攀登

　　欣闻登山家刘永忠老师与另外 14 名登山勇者，合计 15 名深圳勇士已成功登顶珠穆朗玛峰，甚是欢欣。在这之前，刘永忠老师已成功登顶全球 8000 米以上的 16 座高峰中的 14 座，于 2024 年 5 月 21 日从南坡第三次登顶珠穆朗玛峰。除此壮举，刘老师还完成了单人单骑"环骑中国"29500 公里。我曾和刘老师聊到，哪天把 14 座高峰的登顶经历逐一说给我听，我写组诗十四首。前段时间提笔以文字助力刘老师，写了一首关于此次在营地休整的小诗，登顶珠穆朗玛峰后写的这首才算组诗十四首中的第一首。

勇士
从不止于山高
当他迈出脚步
所有的脚步声都在敲响
前进的鼓点

勇者
从不止于水长
那山涧的瀑布
皆以冰川状学那勇者
一路向上攀升

孤勇者

从不畏惧任何困苦险阻

以珠穆朗玛峰为骏马

以蓝天为草原

以白云为长鞭

2024 年 5 月 19 日至 21 日

15 名深圳的勇士英雄

先后骑上 15 匹同名的珠穆骏马

头戴日之光月之冠

以科技之名，朝向宇宙与未来

甩响长鞭

注：2024 年 5 月 19 日南坡登顶：张根深、刘红军、张清亮。

2024 年 5 月 20 日南坡登顶：陈涛、邹继松、黄世伦。

2024 年 5 月 21 日北坡登顶：汪健、马啸、刘欢欢、余国明、历延琳、赵志华。

2024 年 5 月 21 日南坡登顶：刘永忠、刘秋成、刘应安。

在雨中

淋湿某些具体时
想象便插上了翅膀
信手拈来的
红色与白色
装饰了翅膀缺失的色彩

雨越来越小
蓝天就辽阔开来
你往前
打开一双有了色彩的翅膀

打开
素色的人生
红色的青春

◈ 如果，如果你愿意

日子可以一口一口喝下
也许，每一口都淡然如水
如果诗歌愿意

等待可以掰开来
数与不数
随缘

如果一朵花开就是结果
我
可以把自己编成一个蝴蝶结
扎在春风的发端
如果你愿意

亲爱的朋友
我如薄雪已消融
然而，如果你愿意
我愿将所有牵挂的纱雾
拢堆后用梦去点燃
燃烧成灰烬

如果你愿意
所有通向你的爬山虎
我都连根拔起
那围墙般的躯壳
只剩下荒漠化的苍白
怎么看，也看不到尽头

从今以后
放任指尖，站立成五指峰
不再有河流想起

除了
除了在这首诗的结尾处
一声咳嗽
令整个世界刹那间醒了过来
如果
如果你愿意

春天的梅山，像树枝一样长出新的小岛（组诗）

一

春天的梅山
就是一棵枝繁叶茂的树
一条条路
伸展出许多新的枝丫
或新或旧的枝丫上
长满了稻田、房子与鸟鸣

二

炊烟点燃儿童们的笑声
此起彼伏
比伶仃洋的海浪声
更诱惑人

三

每一片树叶里
都有一个家
属于我的那一片树叶
音符般随春风而舞
漳水河的琴弦

被枝叶的指掌轻轻滑过
谁的一滴思念
正砸向琴弦

四

而我仿佛
早就注定了这一场际遇
早就注定，随这春风
飘向南方

五

以梅山为桨
划开自己心里的九曲十八弯
划向海天一色的辽阔

六

一路走来
好像我从来没有关心过
天边的云
与眼前亚热带的季风

七

当海风

吹进我的双眼

我不想给海风出口

八

当大海，从四面八方环抱过来

突然想问，是否

自己从来就不是一座孤岛

把歌声拼成一座城

一朵花
开出故事
一片风里
走出一个人

一些说过的话
已经，星星般遥远
尝试放任
梦，还在梦境里做梦
花，仍在花香中开花

你若朝我转过身
我们不谈结果
我，正把歌声拼成一座城

◈ 写给草原之子

2024 年 4 月 20 日上午 9 点，福田区作协在福田区新时代文明实践中心举办草原之子——福田区作协"五虎诗贤"王松禄、罗立国主题诗会，谨以小诗两首致贺。

写给草原之子王松禄老师

三十三年后
你拥有了诗歌的科尔沁大草原
你手拿文学的长鞭
牧肥了牛羊般成群的文字

当你再次扬起长鞭
一道彩虹从草原的那一头
一直通向这三十三年后
辽阔心空上的蓝天与白云

写给草原之子罗立国老师

你一笑
草原在你的眼角眉头
传来阵阵涛声与传递波澜起伏

风吹草低时

汽笛声声，声声呼唤新时代
草原之子与远飞的雄鹰们

诗是那一根根风筝线
你把所有与牵挂相关的车辆
整装列队待发

当你踏上车门
当你脚踩油门那一瞬间
相对于家乡科尔沁大草原
你是远在鹏城的风筝
相对于诗歌的科尔沁大草原
你手握诗歌细细的线头

先抵达哪里
左右皆难
在诗会的现场
放下鲜花与掌声

你坚定地踩下油门
诗歌在前面
延伸出一条高速公路
径直通向，草原与天边

遇见（组诗）

一

歌声推远晚风

一双无形的手，刚点亮星光

又点亮蜡烛状的我们

二

夜色在桌上的茶杯里

泡开回忆后

沉淀了一些星光明亮下来

三

星光在你手中的

那杯啤酒杯里

冒着浪花与泡泡

四

少年偶遇时

那来去无言的风

后来有没有重逢

五

那两片呼吸中
开出心跳的两朵云
擦肩而过后是否有过交集

六

这首小诗里的歌
天生不需要五线谱
心里的云朵，才是音符

七

我要把载满云朵的
诗之小舟
放在啤酒杯的浪花上

八

倘若你喝就泛舟心里
倘若你只是看着
就放舟于眼中

◈ 待嫁的春天（组诗）

一

春天的心思

白云般增多

春风将白云一朵朵

用蓝天圈起来

白云如牛羊般被放牧着

二

今天是农历二月二十八

春天缓缓长到了

十六岁的模样

心里渐渐有了半隐山峰的

云缠雾绕

三

江河湖海

都是春天的化妆镜

镜内与镜外

面对面，美得如此雷同

背靠背时

164

又美得如此迥异

四

梦里梦外
却和镜像有些许不同
咫尺与天涯
交织着思念的长长短短
触手抑或鞭长

五

想念的夏天
正从天边走来
还要走多久啊
春天，一念之间
愁云密布
一念之后
春雨如瀑

六

缘起
一个人走向另一个人
要走过一段
或远或近的路程

要走过一段
酸甜苦辣的心情

七

我不想告诉春天的是
夏天正马不停蹄
用强对流天气
加速前来
奔驰在迎亲的路上

八

我不想告诉春天
待嫁的时间
还有一个月零两天

九

我想告诉春天
你只管站在原地
让裙摆开满花儿
让发端散发
千万种花开的香气

我们终将被春天环抱（儿童诗）

春风悄悄
推开一扇门
春风轻轻
递来云絮状的棉花糖

春风柔柔
指尖穿过黑发
春风点点
画下七彩的世界

春风朵朵
开出最美的花儿
春风片片
寄来涛声与明信片

我们还能要求什么
我们还想拿走什么
春风已经用丝丝缕缕的温暖
环抱婴儿般的山川大地
我们也终将如婴儿
被春天环抱

● 旁落

繁华终将旁落
春天亦是
玫瑰有时落在井底
如果拒绝坐井观天
便化作一尾鱼

白发白雪一样旁落
落在别处的
轻如尘埃
落在自己头上的
如大山,成为主流

山顶处
时不时有
叫不出名的小山涧
在人到中年的山腰
若隐若现

一些青春
还没有来得及
虚度或者浪费

168

却已被岁月悄然偷走
又被自己悄然忽略

时光一笔，岁月一画（组诗）

见山

把心打开一隅

那显性的山，恰好遇见

隐性的水

听雨

每一朵音符

都跳跃在

心波的五线谱上

竹林

一节节拔高的竹子

撑开蓝天

春风拉来朵朵白云做伞

山野

大地如棋盘

大山散落开来，到底该拿

哪一颗棋子敲落风花

春生

春水渐生
春风渐涨
春意一点点蓄满眼睛

夏长

夏天终于长成少年
炽热的阳刚，阳光四射
灼痛了河流般的事物

秋收

从不去收获果子
我不贪心
收获半个秋天就好

冬藏

所有藏好的种子
都如箭在弦上
春风站立，缓缓拉紧了弓

● 我想和春天保持一段距离（组诗）

一

站在春天的门口
春风朝我伸出
无数双
枝头正绽放花香的手

二

我总是对美好的事物
敬畏与迟疑着
山门内
山花如时光盛开

三

站在春天的小桥边
我不想走过桥那边
我亦忘了
是否刚从小桥的那头走过来
而花香的小桥，正向心里延伸

四

在你没有来之前

我不敢离开半步
我只想在原地
站成一尊雕像

五

站在梅山的入口
春风要经过这里
春雨要经过这里
春天在悄无声息间
浩浩荡荡经过

六

在梅山入口
我学那梅山张五郎
把自己倒立过来
双手行走

七

倒立在春天的最浅处
总算可以和春天
保持一段距离了吧

八

可是

那些数不清的春意

正漫山遍野间翻山越岭

在春之大地

破土而出

◆ 低语

把一只粉蝴蝶，别在
你的胸口
群山暂停起伏

春天一直在眉角
等，回眸时
回音在传递间复制一种状态

忐忑的同时被春风
偷走了心
一些情感的吊脚楼悬空

戴上与取下
或者隔着口罩
那些听不见的低语
被风声过滤并放大

◈ 天外来客陨石缘

时间财富容颜
喜怒哀乐
酸甜苦辣咸
一切都是伪命题

从哪里来
到哪里去
我是谁
你们叫我陨石
你们叫我天外来客

一切都不重要
遇上你
纯属偶然
抑或纯粹意外

可你心里有诗
我才愿意
确认一下眼神

这样
才配得上
我的侠骨柔肠

◆　新地址

　　一众文友聚会，酒过三巡，聊到夜哥的《今夜把事物分开》，这首诗真好。夜哥是手摸鲁迅文学奖诗歌奖的诗人，就诗集名的这一句就可以成为其标签。智勇兄的标签是一杯会说话的茶，这杯茶是用音乐来冲泡的。李玉兄的标签是墙角的父亲，阅读量已达几个亿。我和诗侠李晃曾互相给对方贴了梅山诗人的标签。席间，李玉兄、智勇兄用诗的语言聊到弯曲的情感，我即时续上后一句："才能完成抵达。"智勇兄说："国坚兄，写一首诗吧，诗里要有这两句。"

　　是否
　　弯曲的情感
　　才能完成抵达

　　抵达的过程
　　也许会有子弹穿过钢铁般的现实
　　也许会有绣花针穿过鞋底般的身体
　　也许钢铁般的意志
　　正在私下交换这个温暖的春天

　　也许会迷路
　　我们需要一些指路牌

需要指路牌上
一些类似于七的数字
或者妻的文字

当所有的准备临门
你如常毅然决然抬脚
一脚抽射
而陈旧了的期待与远方
正呈现某种无常

也许
在临门一脚时
已悄悄更改了
地址

◈ 我爱这午夜

我爱这午夜
一切都酣畅淋漓
梦，潮水般涌来

我爱这午夜
我如同打坐的孤岛
任海风把千层浪的刘海卷起

我爱这午夜，尽管
没有蜡烛般点燃的灯塔
没有酒杯似的小船

我爱这午夜
如果半醉半醒间，呢喃了某个名字
所有的涛声打鸣后
可否，喷薄而出，不一样的黎明

◈ 诗的旗帜

诗的旗帜
我刚交给了
春风的那双小手

任她，细细抚摸与打磨
任她，绣上阳光与星辰
任她，插遍屋顶与山岗
任她，从飘扬去往荡漾

辑六　时光放歌

时光煮诗

◈ 以诗为梦

倘若此刻
我把诗的脸
转了过来

在她的眼睛里
早已准备好了
由浅入深的梦

182

◆ 从此，无题

　　某天，无题的缘起
　　莫名地喜欢
　　摘诗歌这颗莲子

❀ 问

若问我，为什么写诗
当我提笔
心里，就不曾下雨

❀ 网

诗是一张春风结的网
网向蓝天上鱼群般的白云
网向小鸟一样的星星

● 秋天和我们，以及回不去的鱼儿

热气腾腾地端上桌
鱼如秋天枝头的果子一样
任大家采摘与品尝

深秋，果叶皆随秋风凋零
我就想顺着时光的脉络
顺着枝丫往回走

走回硕果累累的浅秋
或者一直走回
春天与种子刚刚萌芽时

很多时候
我们都想回到
再也回不去的当初

那时，渔船正停在海面上
那时，阳光的笑脸
正照在刚上钩的鱼儿身上

● 秋风是秋天唱给果实的歌

果实在秋风的歌声里
金黄与红透
灯笼状挂在枝头

透红得如曾经的蓝月亮
金黄得如夏日的红太阳
秋天，一切都温和与满足

秋风的歌声
一直诱惑我们伸手
诱惑枫叶红与百草黄

而我，是另外又另类的一个
我只愿在秋风的歌谣里
聆听与欣赏果实成熟的美好

有时，我想象
若自己是秋天
该有多好

想摘果就摘，想品尝就尝

要么，就成为一枚
静静等待的果子

而后，我要像秋风一样歌唱
我要把满山谷满山坡的果子全部捧出
再用歌声搭好梯子

眉间痣

想，把春色
深锁在眉间
可，关不住的
不只是
春天

時光煮詩

有一种力量

有一种力量
来自火山
喷薄欲出的心里

有一种力量
来自马达
不知疲倦的脚步

有一种力量
来自春风
浩浩荡荡的时代

有一种力量
来自新阶层
万木生芽的朝气蓬勃里

风铃木

在本应该
生长嫩叶的年龄
我们直接盛开所有的花

红的黄的紫的
粉红的粉黄的粉紫的
我们河流状燃烧自己

没有人关心
为什么不先长叶
为什么要拼尽全力去燃烧

这些风铃木的花朵
多像六〇后
与七〇后的深圳人

父母亲已老，孩子正年轻
我们来不及长出绿叶
我们要像海洋般澎湃地燃烧

● 春天，在我的心里多出来一个西湖

从春天入手
抓住春风的这一头
风筝的那一头，是西湖

还没来得及
将脸
转向湖面

心里的这个西湖
脑海中的那个西湖
和身边的西湖
一起波光粼粼

面朝西湖
西湖也面朝我
放任湖光山色坦露

想问春天
你是否甘心
只做西湖的一个组成部分

我不敢多看

更不敢多想

为何

每看一眼

眼里会多出一个春天

每想一次

我的心里

就多出一个西湖

春天的夜晚是紫色的（组诗）

一

李白邀约我

在春天的明月夜

隔空坐下来

二

把文字的桌椅摆好

在靠近月亮的山脚

邀约自己的影子靠着我坐下

三

小院子的门半开

关不住晚风

更关不住月华

四

把温热的酒壶提在手里

将温得荡漾的诗歌

先倒满一杯给李白

五

再倒一杯给影子和自己时

月光随诗与酒

一起倒入杯中

六

李白端起杯

仰天大笑

今夜必须喝个痛快

七

今夜不必分你我

我们举起杯

倒不完的诗歌喝不尽的月华

八

我们好像个个都喝醉了

我们好像怎么也喝不醉

我们好像都在半醉半梦之间

九

三个李白干杯时

一起问

诗呢

十
我的手指朝夜空指去
我们不约而同地说
春天的夜晚是紫色的

◆ 玫瑰

回忆的花瓣
从甜蜜中长出锋利
刺穿
薄如蝉翼的现实

玫瑰终于绽放
那些被忽略的刺
山峰般高耸
划破指尖的微风和白云

纵然
你翻越过千山万水
此刻
你如何拿得起遗憾
又如何放得下等待

如何在尘埃即将落定时
依然手握
一枝玫瑰

有题，无题

犁开黎明
是谁在分配与播种
晨曦朝阳与清风

梧桐山垂下
瀑布状的秀发
春风悄悄撩动发端

草木舞动
又是谁，拿来东湖
梳妆随雾而淡的往日

我把诗
春雨一般抛洒
有题抑或无题

198

彩虹桥

彩虹桥上
一朵云
正游向一颗心
桥下
有人正在拿出钓竿

◆ 真实与伪装

当真实被认为伪装
大海啊
蓝天一样

当伪装被认定为真实
指尖的鹿
骏马般奔跑

坚持那份伪装的真实吧
即使，如在虎口
拔那病牙一样

◆ 第六种果实

一朵白云如棉花糖时
微风在我之前
伸出舌头

一个梦飘浮到眼前
时间如棒棒糖
还有你

最不能抗拒
一首小诗
泛舟而来

回到梅山，妈妈是四面八方环抱过来的春风

雪还没有下完整
我就如一片镂空的雪花
落在仍有烟火的田之坪

冰雪和我刚准备融化
暮冬的寒风从领口钻入
使劲从骨子里往冰处凉

短短四天
阳光步履蹒跚地来过
阳光看我的眼神
如当年，年迈的妈妈
用眼睛里仅有的微光
包裹好我

当我在梦里
如一片雪花落下
妈妈啊，是四面八方
环抱过来的春风

正月十六如一只小鸟滑翔

一只小鸟
踩在鹏城的阳台
脚尖踮起在
簕杜鹃最高最长的枝端上

簕杜鹃绽开的红花
从左侧面往右
旋转 90 度到身后
一场可能的邂逅
注定被无心者忽略

小鸟站稳在跳台的枝端
踩出弹簧般起伏的节奏
它试探了六七次后
一道闪电的滑翔
无数个空中转体后
优雅的身影与完美的动作
一气呵成

一如滑雪健将
又如彩虹般

滑向对面的山头

有时
不需要看到最后
我们就知道
结局是在意料之中
还是在想象之外

◆ 时光

四季的列车

满载着黑白照片似的回忆

从岁月的小桥上，缓缓驶过心里

◈ 融化

你，刚坐下来
壶中，水在冒泡
室外，白雪正在消融

凝固（组诗）

一

那些看不见的
正缓缓凝结
所有温和柔软的
在悄然固化

二

我还是处在
沸腾的临界点
我还是站在
水火难容的存在

三

有的人说
固若金汤多好
有的人说
百炼成钢更好

四

当朝露成霜

当雪花飘落
当滴水成冰
当古人写下悖论的成语
柔情似水与铁石心肠

五

当历史被尘封
当我们寻觅不到风起的青萍之末
当我们找不到生命的起源
是否
那时的光
早已
被身后的风冲淡
抑或，被身后的风吹拂
四野散去